图书在版编目（CIP）数据

我恶心的动物邻居.9，蟑螂／（加）埃莉斯·格拉韦尔著；黄丹青译. — 西安：西安出版社，2023.4
ISBN 978-7-5541-6585-0

Ⅰ.①我… Ⅱ.①埃… ②黄… Ⅲ.①儿童故事－图画故事－加拿大－现代 Ⅳ.①I711.85

中国国家版本馆CIP数据核字（2023）第024645号
著作权合同登记号：陕版出图字25-2022-050

DISGUSTING CRITTERS:THE COCKROACH
Text and Illustrations copyright © 2016 by Elise Gravel. All rights reserved. Simplified Chinese translation rights arranged with Painted Words Inc. through RightsMix LLC

我恶心的动物邻居 蟑螂 WO EXIN DE DONGWU LINJU ZHANGLANG
[加]埃莉斯·格拉韦尔 著 黄丹青 译

图书策划	郑玉涵	**责任编辑**	朱 艳
封面设计	牛 娜	**特约编辑**	郭梦玉
美术编辑	张 睿 葛海姣		

出版发行 西安出版社
地址 西安市曲江新区雁南五路1868号影视演艺大厦11层（邮编710061）
印刷 东莞市四季印刷有限公司
开本 787mm×1092mm 1/25 **印张** 12.8
字数 72千字
版次 2023年4月第1版
印次 2023年4月第1次印刷
书号 ISBN 978-7-5541-6585-0
定价 138.00元（共10册）

出品策划 荣信教育文化产业发展股份有限公司
网址 www.lelequ.com **电话** 400-848-8788
乐乐趣品牌归荣信教育文化产业发展股份有限公司独家拥有
版权所有 翻印必究

我恶心的动物邻居

蟑螂

[加] 埃莉斯·格拉韦尔 著

黄丹青 译

乐乐趣

西安出版社

亲爱的小读者们,今天我要向你们介绍一个新朋友,它的名字叫

蟑螂。

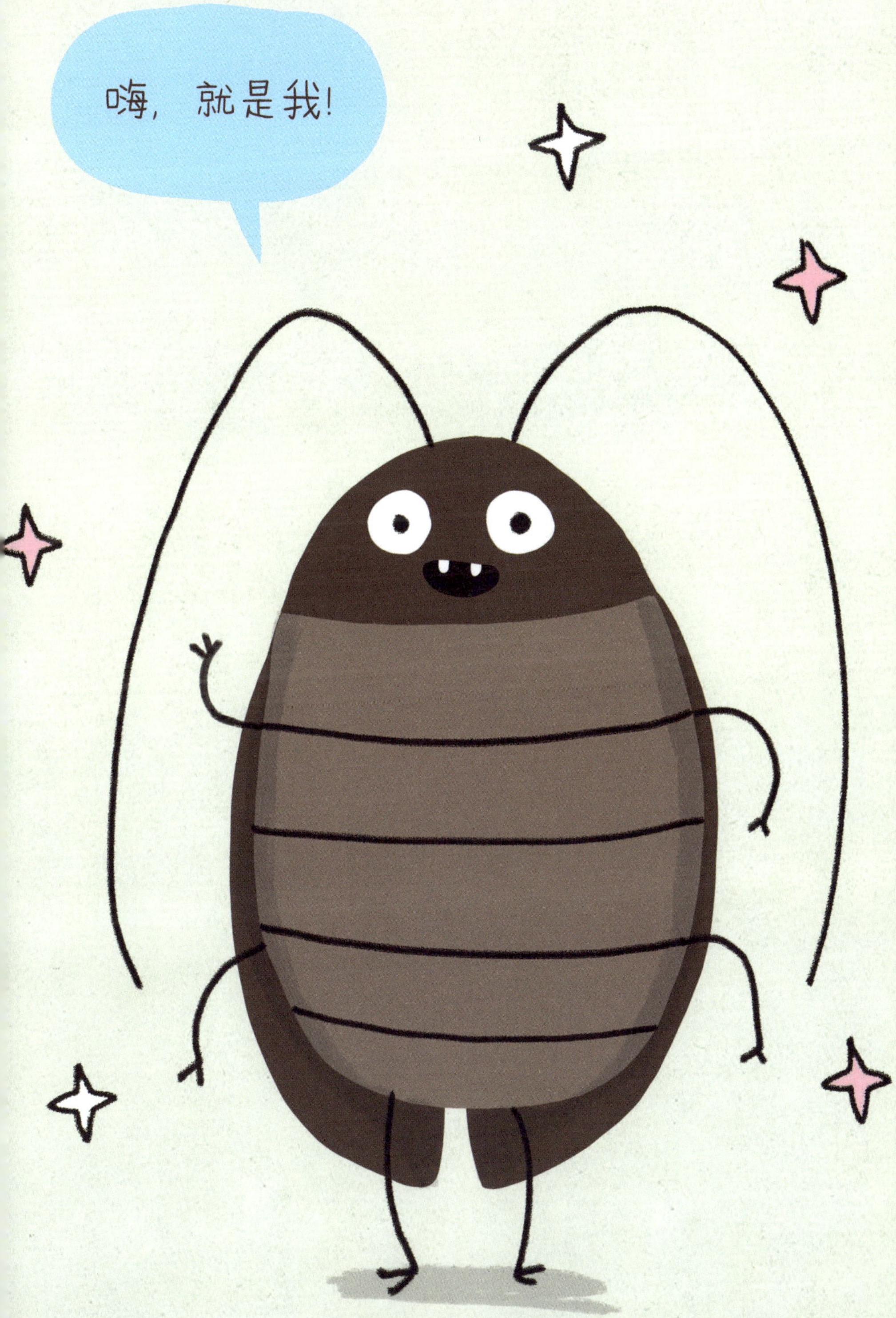
嗨，就是我！

蟑螂

也叫

fěi lián
蜚蠊,

是地球上最古老的昆虫之一,俗称打不死的"小强"。

我还是喜欢你们叫我小强,这个名字简单多了。

我们常见的蟑螂，身体是扁扁平平的

椭圆形，

颜色有棕色、黑色或灰色。但世界上也有一些蟑螂，不但色彩鲜艳，身上还带有花纹。

> 我特意穿上了豹纹连衣裙，万一我上电视了呢。

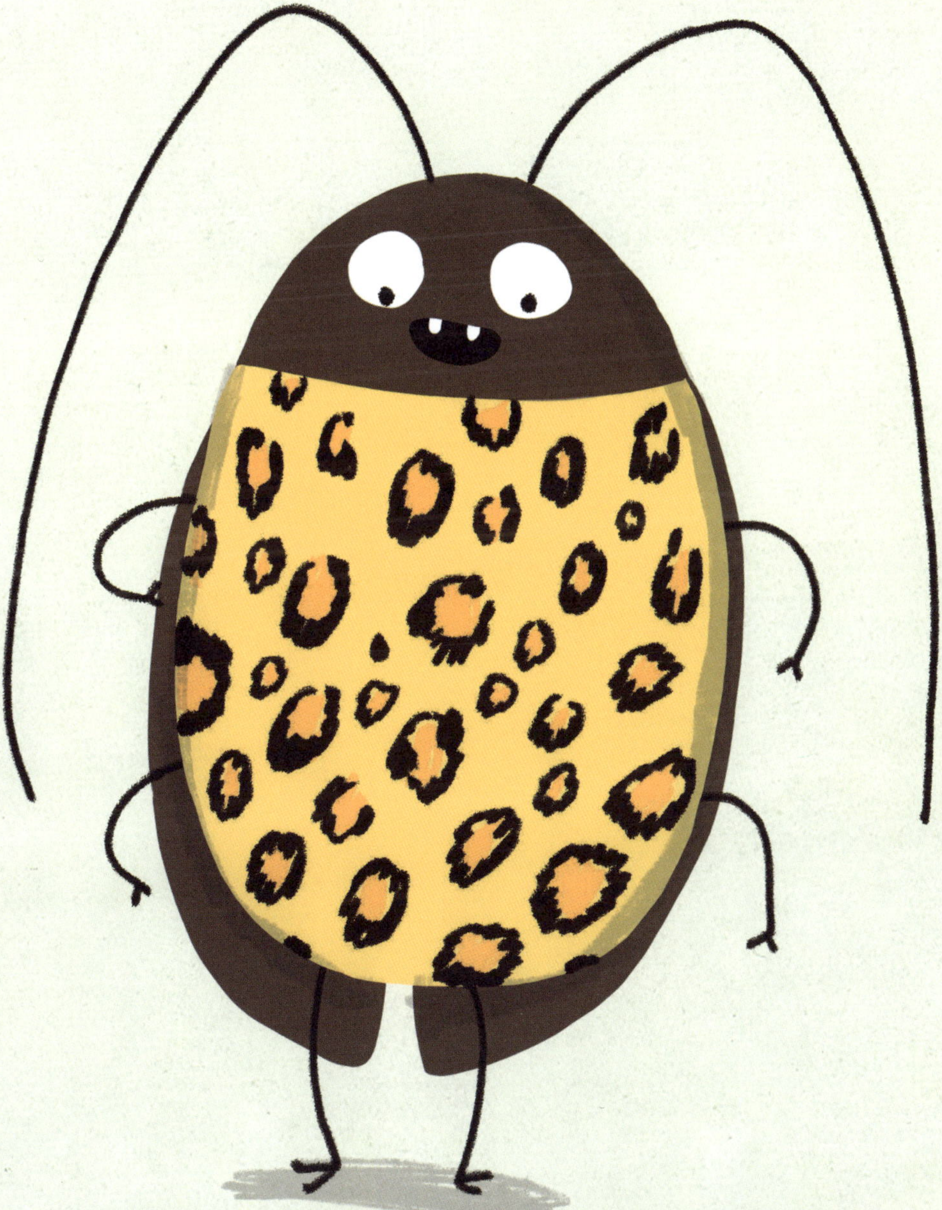

蟑螂的触须十分灵敏，上面布满了茸毛，腹部也有细小的毛发。因此，只要有一点儿风吹草动，它就能察觉。蟑螂的嘴里长满了像

粉碎机

一样的牙齿（不过别担心，它一般不咬人），真酷!

亲一下!

大多数蟑螂有翅膀，但它几乎不会飞。可是，它跑得很快，每秒可以跑过50倍身长的距离。它是世界上跑得**最快**的昆虫之一。

一二，一二。

什么？你说我有翅膀不算数？不不不，我没作弊。翅膀只是我的装饰。

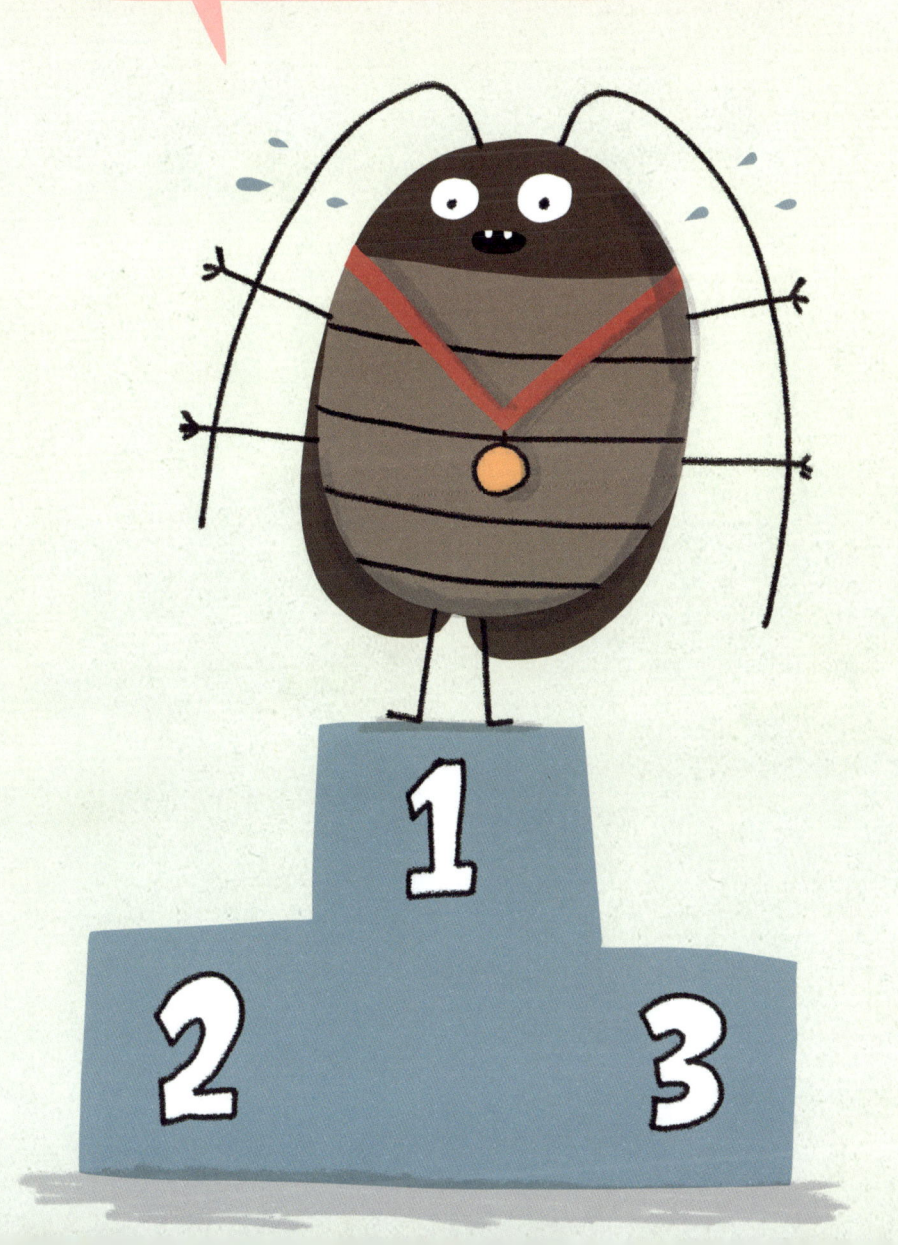

蟑螂讨厌

光，

所以它喜欢在白天躲起来，晚上出门。不过，当它们成群生活时，也会在白天外出。

在这种情况下，为了不被人类认出来，我会戴上太阳镜。

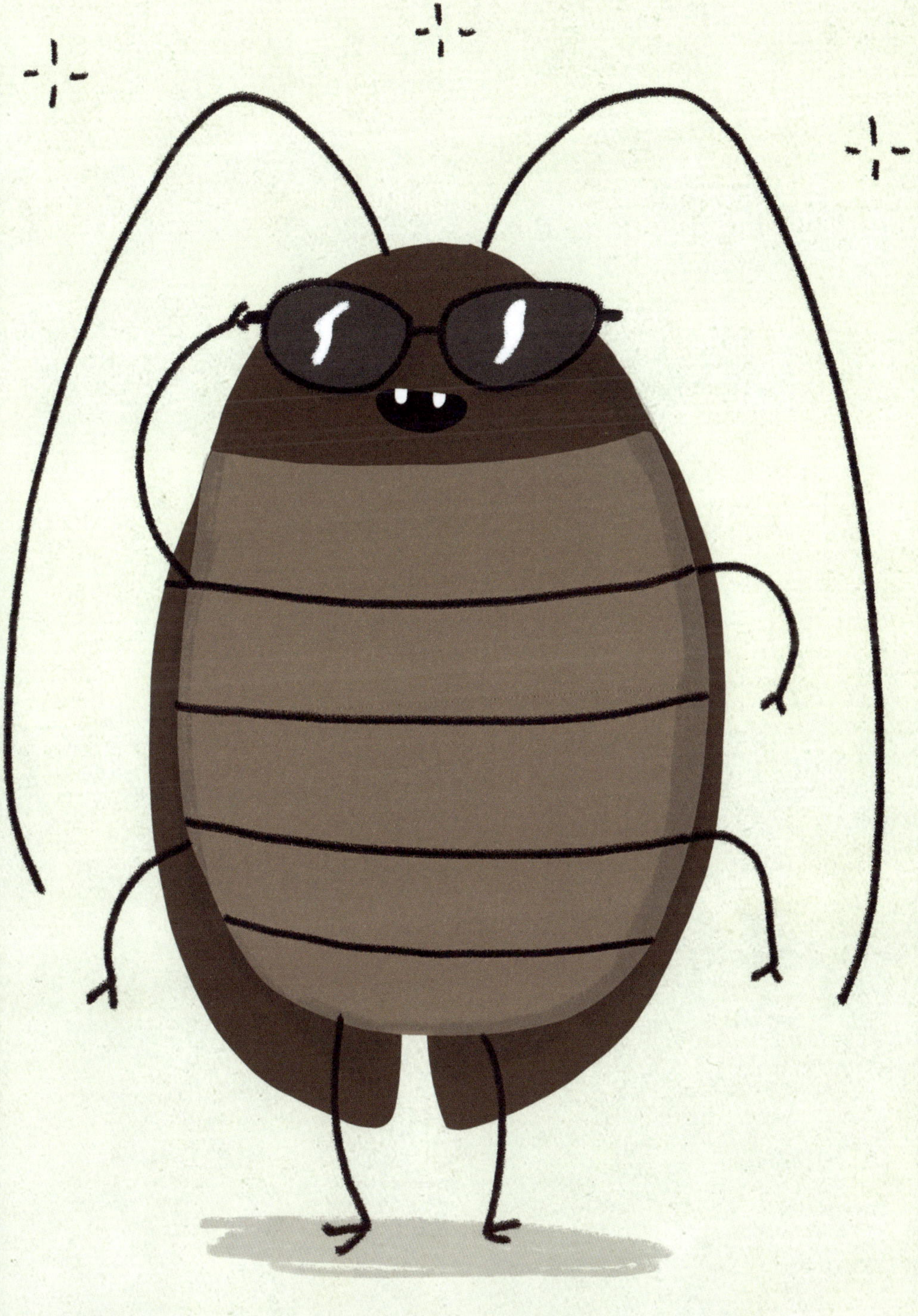

蟑螂怕冷，它喜欢生活在温暖、靠近水源和食物丰富的地方。这就是为什么它经常

躲

在家、饭店和旅馆里了。

我喜欢住酒店,这里客房服务超级棒!

蟑螂是

杂食性

昆虫，和我们的饮食习惯有点儿像。它最喜欢吃油腻腻的肉类食物和甜的食物。它饿的时候，几乎什么都吃，比如头发、肥皂、指甲屑等。

请给我一个芝士汉堡包、一些指甲屑和一杯可乐,谢谢。

蟑螂可以躲在人们的包包或行李箱里，从一个地方移动到另一个地方。如果你在家里发现了蟑螂，不一定是因为你不讲卫生，可能只是你的运气不好，无意中接待了旅途中的

"游客"。

走吧,我们上车!

人类一点儿也不喜欢和蟑螂一起住。这很正常，因为它可能会携带各种各样会引起疾病的

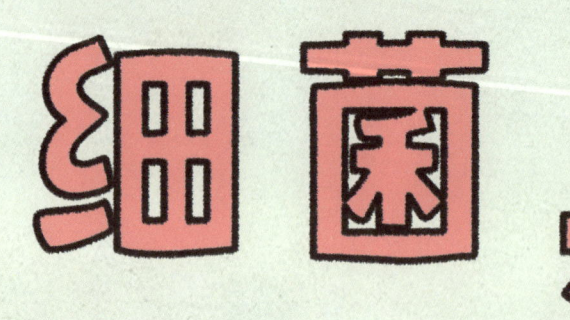

细菌，

还会散发难闻的气味，令人讨厌。

噗—

哦！不好意思。

蟑螂繁殖速度极快。一只雌性蟑螂一年可以生1000万只宝宝，它的卵在身体尾部一个叫作

卵鞘 (qiào)

的小口袋中生长。蟑螂妈妈随身带着她的小口袋，当卵孵化时，小口袋会自行脱落。

这儿有一个卵鞘！是谁掉的？

大约

30天

后，40多只蟑螂宝宝会孵化。蟑螂宝宝看起来和成年蟑螂没什么两样。

> 天哪，它们和妈妈长得好像！

是呀，不过它们的触须长得像爸爸。

一旦蟑螂在家里住下来，人们就很难赶走它。它非常聪明，很快就能学会避开人类设下的陷阱。所以，我们必须找专业的

灭虫人员，

采取各种有效的措施，才能达到理想的防治效果。

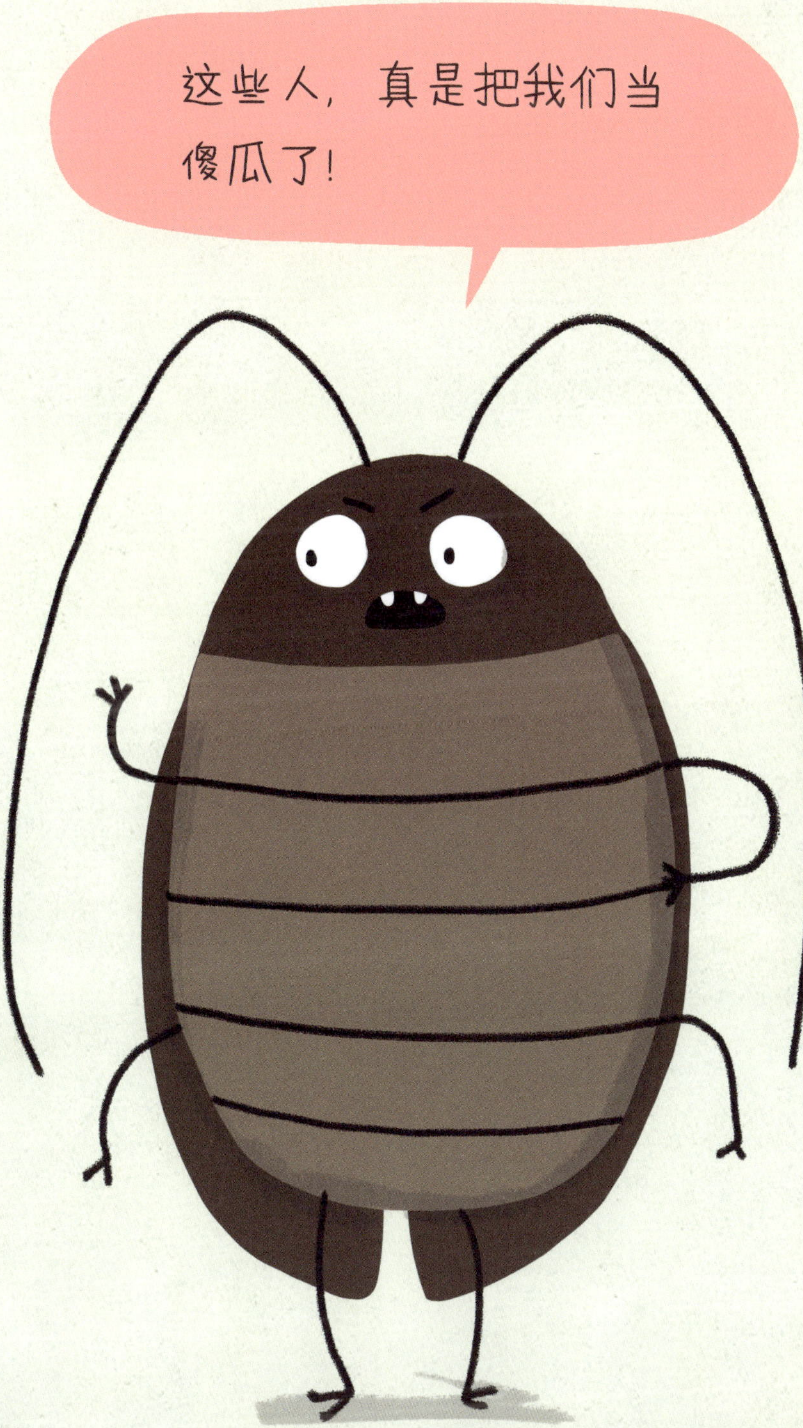
这些人，真是把我们当傻瓜了！

大约3亿年前，蟑螂出现在地球上，从那以后它就从未消失过。所以，下次你遇到蟑螂时……我只能，

祝你好运！

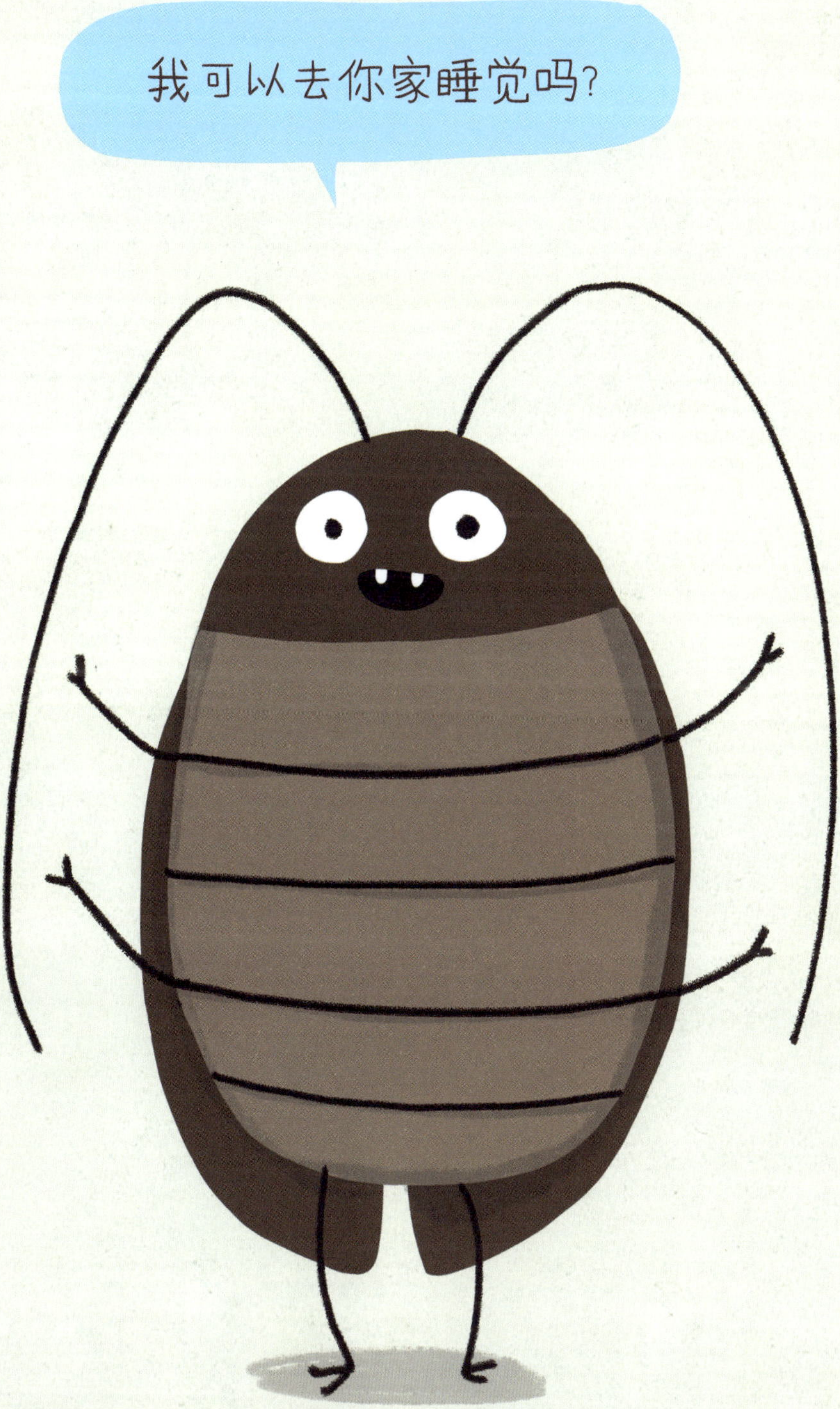
我可以去你家睡觉吗?

蟑螂小档案

独特之处 嘴里长满了像粉碎机一样的牙齿。

食物 什么都吃,尤其喜欢油腻的肉类食物和甜的食物。

特长 跑得快,繁殖速度也快。

蟑螂是你有点儿恶心的动物邻居,它散发着难闻的气味,可能还携带细菌。
没错,要积极采取措施防治哦。